고양이를 버리다

아버지에 대해 이야기할 때

고양이를 버리다

猫を棄てる　父親について語るとき

아버지에 대해 이야기할 때

무라카미 하루키

가오옌 그림 — 김난주 옮김

비채

차 례

일러두기

- 모든 하단 주는 옮긴이주입니다.
- 인명, 지명 등 외국어 고유명사는 국립국어원 외래어표기법에 준하여 표기하되 일부 굳어진 어휘는 예외로 두었습니다.

아버지에 대해 기억하고 있는 것.

물론 아버지에 대해 기억하고 있는 것은 많다. 아무렴, 이 세상에 태어나 열여덟 살에 집을 떠날 때까지 아버지와 아들로, 그렇게 넓지 않은 집 안에서, 한 지붕 아래에서, 당연한 일로써 매일 함께 살았으니까. 나와 아버지 사이에는—세상 대부분의 부자 관계가 그렇듯이— 즐거운 일도 있었고 그다지 유쾌하지 않은 일도 있었다. 하지만 지금도 나의 뇌리에 가장 생생하게 되살아나는 것은, 어째서인지 그 어느 쪽도 아닌 아주 평범한 일상의 흔한 풍경이다.

예를 들면 이런 일이 있었다.

우리가 슈쿠가와(효고 현 니시노미야 시)에 살던 무렵, 고양이 한 마리를 버리러 해변에 간 적이 있다. 새끼 고양이가 아니라, 이미 다 자란 암고양이였다. 왜 그렇게 큰 고양이를 버리러 갔는지는 잘 기억나지 않는다. 우리가 살던 집은 마당이 있는 단독주택이었으니, 고양이를 키울 정도의 공간은 충분히 있었기 때문이다. 어쩌면 부모님은 우리 집에 눌러사는 고양이의 배가 불러오자, 새끼들까지 보살필 수는 없다고 생각했는지도 모른다. 하지만 그 부분의 기억은 분명치 않다. 아무튼 당시에 고양이를 버리는 것은 지금에 비하면 비교적 일상적인 일이었고, 딱히 사람들에게 손가락질 당할 행위는 아니었다. 고양이에게 굳이 중성화수술을 시키려는 발상을 아무도 하지 않던 시대였기 때문이다. 내가 초등학교 저학년 때쯤이니까, 1950년대 후반일 것이다. 우리 집 근처에는 전쟁중에 미군의 폭격을 받아 폐허가 된 은행 건물이 있었다. 전쟁의 상흔이 여전히 남아 있던 시대다.

아무튼 아버지와 나는 어느 여름날 오후에 그 암고양이를 버리러 해변에 갔다. 아버지가 자전거를 몰고, 나는 고양이를 담은 상자를 안고 뒤에 타고 있었다. 슈쿠가와 천을 따라 고로엔 해변까지 가서, 고양이를 담은 상자를 방풍림에 내려놓은 다음 뒤도 돌아보지 않고 재빨리 집으로 돌아왔다. 우리 집과 해변은 대략 2킬로미터 정도 거리였다고 생각한다. 당시까지는 아직 매립되지 않아, 고로엔 해변은 북적거리는 해수욕장이었다. 바다가 깨끗해서, 여름방학이면 나는 거의 매일이다시피 친구들과 함께 헤엄치러 갔다. 그 시절 부모들은 아이들끼리 바다에 헤엄치러 가는 것을 딱히 신경도 쓰지 않았던 것 같다. 그래서 우리는 자연스럽게, 얼마든지 헤엄칠 수 있었다. 슈쿠가와 천에는 물고기도 많았다. 하구에서 굵은 장어 한 마리를 잡은 적도 있다.

아버지와 나는 고로엔 해변에 고양이를 내려놓고 안녕이라 말하고는, 자전거를 타고 집으로 돌아왔다. 그리고 자전거에서 내려 '불쌍하지만 어쩔 수 없었어' 하는 기분으로 현관문을 드르륵 열었는데, 조금 전에 버리고 온 고양이가 "야옹" 하면서 꼬리를 세우고 살갑게 우리를 맞았다. 우리보다 앞서 집에 돌아와 있었던 것이다. 어떻게 그렇게 빨리 돌아올 수 있었는지, 나는 도무지 이해할 수 없었다. 우리는 자전거를 타고 곧장 집으로 돌아왔기 때문이다. 아버지 역시 이해하지 못했다. 그래서 한참이나 둘이, 아무 말을 못 했다.

그때 아버지의 어리둥절해하던 얼굴을 지금도 잘 기억하고 있다. 하지만 그 어리둥절해하던 얼굴은 이내 감탄스럽다는 표정으로 변했고, 그리고 마지막에는 다소 안도한 듯한 얼굴로 변했다. 그리고 결국 그 고양이를 계속 키우게 되었다. 이렇게까지 열심히 집으로 돌아왔으니 키우지 않을 수 없겠지, 하는 체념의 심경으로.

우리 집에는 언제나 고양이가 있었다. 우리는 그 고양이들과 사이좋게 잘 지냈다고 생각한다. 그리고 고양이들은 언제나 나의 멋진 친구였다. 형제가 없는 내게 고양이와 책은 가장 소중한 친구였다. 툇마루에서(그 시대의 집에는 대개 툇마루가 있었다) 고양이와 함께 햇볕 쬐는 걸 무척 좋아했다. 그런데 왜 그 고양이는 해변에 갖다 버려야 했을까? 왜 나는 그 일에 이의를 제기하지 않았을까? 그건—고양이가 우리보다 빨리 집으로 돌아왔다는 사실과 더불어— 지금도 하나의 수수께끼다.

또 한 가지 아버지에 대해 잘 기억하고 있는 것(덧붙여 아버지의 이름은 무라카미 지아키이다).

아버지는 매일 아침을 먹기 전에, 불단 앞에서 오래도록 눈을 감고 열심히 경을 외웠다. 아니, 불단도 아니다. 보살이 든 조그만 유리 케이스다. 아름답고 정교하게 조각된 조그만 보살이, 원통형 유리 케이스 한가운데 자리하고 있었다. 그 보살이 그 후에 어떻게 되었는지, 나는 모른다. 아버지가 돌아가신 후에는 본 적이 없다. 언제인지 모르겠지만 어딘가로 사라져버린 듯하다. 그리고 지금은 그저 기억 속에 남아 있을 뿐이다. 아버지가 왜 번듯한 불단이 아니라, 그렇게 조그만 유리 케이스 앞에서 매일 아침 독경을 했을까? 그것도 나는 알 수 없는 일 중 하나다.

그러나 아무튼, 그 일은 아버지에게는 하루의 시작을 뜻하는 중요한 습관이었다. 내가 아는 한 단 하루도 그 '업무'(라고 아버지는 표현했다)를 게을리하지 않았고, 아무도 그 매일의 습관을 방해할 수 없었다. 그리고 그때의 아버지 등에는 말을 걸기조차 쉽지 않은 엄숙한 분위기가 감돌았다. 거기에는 '나날의 습관'이라는 간단한 말로는 다할 수 없는, 평범하지 않은—나는 그렇게 생각되었다— 강한 집중이 있었다.

어린 시절에 한 번, 그에게 물은 적이 있다. 누구를 위해서 독경을 하는 것이냐고. 그는 말했다. 전쟁에서 죽어간 사람들을 위해서라고. 전쟁에서 죽은 동료 병사와 당시에는 적이었던 중국인들을 위해서라고. 아버지는 그 이상은 설명하지 않았고, 나도 그 이상은 질문하지 않았다. 아마도 더 이상의 질문을 가로막는 무언가가—그 자리의 분위기 같은 것이— 있지 않았나 생각한다. 그러나 아버지 자신이 질문을 제지한 것은 아니었다는 기분이 든다. 만약 계속 물었으면, 뭐라고 대답해주지 않았을까. 하지만 나는 묻지 않았다. 어쩌면 오히려 내 자신 속에, 질문을 제지하는 무언가가 있었으리라.

아버지에 대해서 대충이나마 설명을 해야 할 듯하다. 아버지는 1917년 12월 1일, 교토 시 사쿄 구 아와타구치에 있는 '안요지'라는 정토종 절집의 차남으로 태어났다. 불운했다고밖에 할 수 없는 세대다. 철이 들었을 때, 시대는 아주 잠깐 평화로웠던 다이쇼大正 데모크라시*가 이미 종언을 고하고, 쇼와昭和의 암울하고 앞날이 불투명한 경제 불황으로, 그리고 끝내 시작되고 마는 진흙탕 같은 대중対中 전쟁에 이어 비극적인 제2차 세계대전으로 휘말려간다. 그리고 전쟁이 끝난 다음에는 거대한 혼란과 빈곤 속에서 있는 힘을 다해 기를 쓰고 살아남아야만 했다. 그런 더없이 불운했던 세대의 아

* 1910년에서 1920년대에 걸쳐 정치, 사회, 문화 각 방면에서 민주주의가 발전하고 자유주의가 구가되던 움직임

주 미미한 일각을, 아버지 역시 남들처럼 짊어지게 된다.

그의 아버지 즉 나의 할아버지인 무라카미 벤시키弁識는 원래는 아이치 현 농가의 자식이었는데, 장남이 아닌 아들이 본의 아니게 택하게 되는 거취의 하나로 근처 절에 동자승으로 가게 된다. 그는 그런대로 우수한 아이였던 것 같고, 여러 절에서 동자승과 행자승으로 수도생활을 한 후 마침내 교토의 절 안요지에 주지승으로 안착하게 되었다. 안요지는 단가*를 사오백 채 거느린, 교토에서는 꽤 큰 절이니까 상당한 출세라고 해도 무방할 것이다.

다카하마 교시는 이 절을 찾았을 때, 이런 하

---

* 한 절과 계약을 맺어 제의를 일임하고 경제적으로 절을 지원하는 집

이쿠*를 읊었다.

안요지 절문 아래에 송골송골 돋은 냉이풀

나는 오사카와 고베 사이阪神間에서 자라 아버지의 본가인 그 교토의 절을 찾을 기회가 많지 않았고, 또 할아버지는 내가 어릴 때 돌아가셨기 때문에 그에 대해서는 확실한 기억이 별로 없다. 그러나 상당히 자유롭고 활달한 인물이었으며, 호쾌하게 술을 마시고 또 술꾼으로 명성이 자자했던 듯하다. 이름 그대로 언변이 좋았고 스님으로서도 꽤 유능했고 덕망도 있었던 것 같다. 내가 기억하는 한, 언뜻 봐도 호방한 인상에 너그러우면서도 일종의 카리스마적인 면모를 지니고 있었다. 목소리도 우렁차고 낭랑했던 것으로 기억한다.

그는 슬하에 아들을 여섯(딸은 한 명도 없었다)

두었고, 활기차게 인생을 살다가 1958년 8월 25일 아침, 8시 50분경에 교토(미사사기)와 오쓰 시를 잇는 게이신 선의 야마다 건널목을 건너려다 전철에 치여 죽었다. 히가시야마 구 야마시나 기타카잔야마다초(당시의 주소)에 있는, 역원이 없는 건널목이었다. 때마침 대형 태풍이 긴키 지방**을 덮쳐(그날 도카이도 선도 일부 통행이 제한되었다) 장대비가 쏟아지고 있었다. 할아버지는 우산을 쓰고 있어서, 커브를 돌아 다가오는 전철의 모습이 보이지 않았을 것이다. 귀도 약간 좋지 않았던 것 같다. 나는 왠지 할아버지가 태풍이 몰아치는 밤중에 사고를 당했고, 어느 단가에 갔다가 돌아오는 길이었으며 술도 조금 마신 상태였다고 기억하고 있는

---

* 3구로 된 일본 특유의 정형시로 특정 계절을 나타내는 말이 반드시 들어간다

** 오사카, 교토, 나라를 중심으로 하는 지역

데, 당시 신문 기사를 조사해보니 내용이 전혀 달랐다.

할아버지가 돌아가셨다는 비보를 받은 밤, 서둘러 교토로 향하려는 아버지에게 어머니는 울면서 거의 매달리다시피 이렇게 간청했다. “교토의 절을 물려받는 일만은, 단호하게 거절해야 돼요.” 그때 나는 아홉 살이었는데, 그 정경은 나의 뇌리에 아직도 선명하게 새겨져 있다. 마치 옛날에 영화관에서 본 흑백영화의 인상적인 한 장면처럼. 아버지는 표정 없는 얼굴로 그저 묵묵히 고개를 끄덕일 뿐이었다. 구체적인 말은 하지 않았지만(적어도 나는 아무 말도 듣지 못했다) 그때 이미 아버지는 결심을 굳혔을 것이라고 생각한다. 그런 기운이 느껴졌다.

앞에도 썼지만, 아버지의 형제 여섯은 다 남자였다. 그중 셋은 군대에 징집되었는데 기적적이라고 해야 할지 행운이었다고 해야 할지,

전원이 큰 부상 없이 무사히 종전을 맞았다. 한 명은 버마* 전선에서 생사의 갈림길에 놓였고, 한 명은 해군비행 예과 연습생 출신 특공대에서 살아남았으며, 아버지는 아버지대로 구사일생으로 목숨을 건진 몸이었지만(그 사정에 대해서는 나중에 쓰겠다) 그럼에도 어찌되었든 모두 목숨은 부지했다. 그리고 내가 아는 한, 여섯 아들이 대체로 승려로서의 자격을 갖고 있었다. 자식들이 모두 그런 교육을 받았던 것이다. 참고로 나의 아버지는 '소승도'라는 직위였다. 법계로는 대략 중하, 군대로 치면 소위 정도에 해당하는 듯하다. 여름의 오봉** 시기가 되면, 형제가 모두 교토에 모여 지내면서 단가를 나누어 도는 것이 관례였다. 그리고 밤이 되면 다

---

* 현재의 미안마로, 일본은 연합군의 대중국 보급로를 차단하기 위해 버마를 공략했다

** 양력 8월 15일로 우리의 추석 명절에 해당한다

같이 거나하게 술을 마셨다. 아무래도 술을 좋아하는 핏줄이었던 것 같다. 나도 그 시기에 아버지를 따라 몇 번 교토에 갔는데, 한여름 교토의 더위에는 질리고 말았다. 법의를 걸치고 자전거를 타거나 도보로 단가를 도는 일은 무척 가혹한 작업이었을 것이다.

그래서 할아버지 벤시키가 돌아가셨을 때, 누가 뒤를 이을 것이냐 하는 문제가 심각하고 절실하게 대두한 것이다. 자식들은 모두 각기 가정을 꾸리고 있었고, 또 각자 직업도 있었다. 솔직히 할아버지가 그렇게 일찍 덧없이 죽을 것이란 예상은 아무도 하지 못했으니 그야말로 마른하늘에 날벼락 같은 일이었다. 할아버지는 일흔 살 나이에 돌아가셨지만, 더없이 정정해서 당분간 세상을 뜨지 않을 것처럼 보였기 때문이다. 태풍 부는 날 아침에 노면전철에 치이지 않았더라면…… 그렇다는 얘기지만.

할아버지가 돌아가신 후, 여섯 형제 사이에서 어떤 얘기가 오갔는지 나는 모른다. 장남은 오사카의 세무서에 계장으로 근무하고 있었고, 차남인 우리 아버지는 오사카와 고베 사이에 있는 고요 학원이라는 사립 중고등학교의 국어 교사였다. 다른 형제 역시 교사로 일하거나 불교계 대학에 다니고 있었다. 또 둘은 남의 집에 양자로 갔기 때문에 성이 달랐다. 아무튼 그 대화에서 "그럼 내가 아버지 뒤를 잇겠다" 하고 나서는 형제는 끝까지 없었다. 교토에서 나름대로 큰 절의 후계자가 된다는 것은 쉬운 일이 아니고, 가족에게도 큰 부담이 된다. 다들 그 사실을 잘 알고 있었다. 그리고 홀로 남은 할머니가 아직 정정했다고 할까, 상당히 엄격한 성격이어서 며느리 노릇을 하는 것도 누가 보나 녹록지 않았을 것이다. 게다가 우리 어머니는 오사카의 중심 지역인 센바에서 오래된 상점(전쟁중에 폭격으로 불타버렸지만)의 맏딸로

자라 나름대로 화려한 것을 좋아하는 사람이어서, 교토의 절집 며느리로는 도저히 적합하지 않다. 성장한 문화 배경이 너무 다르다. 그러니 제발 부탁이라며, 아버지에게 울면서 매달린 것도 무리는 아니었을 것이다.

그리고 이건 어디까지나 나의 개인적 추측에 지나지 않지만, 서로 말은 하지 않아도 우리 아버지가 주지의 자리를 잇는 것이 가장 타당하지 않을까 하는 애매모호한 총의가, 또는 가족 전체의 막연한 기대가 주변에 있지 않았나 싶다. 할아버지가 돌아가신 날 밤에, 우리 어머니가 아버지에게 울면서 부탁하던 그 필사적인 말투를 생각하면, 그런 느낌이 들지 않을 수 없다. 장남인—즉 나의 큰아버지— 무라카미 시메이는 원래 수의사가 되고 싶은 희망이 있었던 듯하다. 여러 가지 사정이 있어 전쟁이 끝난 후에는 결국 세무서에서 일하게 되었지만, 적어도 일찍부터 중이 될 생각은 별로 없었던 것 같다.

우리 아버지는, 아들인 내가 보기에 그렇다는 거지만, 본질적으로 성실하고 책임감도 그런대로 강한 사람이었다. 집에서는 간혹, 특히 술이 들어갔을 때는 까칠하고 음산해지는 일이 있었지만, 평상시에는 건전한 유머 감각을 지니고 있었다. 사람들 앞에서 얘기하는 것도 잘했다. 여러 가지 의미에서 아마 승려 자질이 있지 않았을까 한다. 할아버지의 호방하고 너그러운 면은 별로 물려받지 않았지만(오히려 예민한 편이었다고 생각한다) 온후한 인상과 말투로 타인에게 안심감을 주었다. 자연스러운 신앙심 같은 것도 갖고 있었다. 당신 자신도 그 점은—대체로 승려가 적성에 맞는다는 것은— 알고 있었으리라고 생각한다.

본인은 대학원에 남아 학자가 되기를 희망했지만, 그게 안 되면 승려로서의 길도 염두에 두고 있지 않았을까, 독신이었다면 주지 자리를 잇는 것에 그리 거부감이 없지 않았을까, 하고 나는 추측하고 있다. 그러나 그때 그에게는 지켜야 하는 것이 있었다—당신의 조촐한 가정이다. 그 얘기를 하는 자리에서 아버지 얼굴에 어렸을 고뇌의 표정이 눈앞에 선하다.

그러나 최종적으로는 장남인, 그러니까 나의 큰아버지인 무라카미 시메이가 세무서 일을 그만두고 가족과 함께 절에 들어가 주지로서 안요지를 잇게 되었다. 그리고 지금은 그 아들 즉 나의 사촌형제인 준이치 씨가 주지 자리를 이었다. 지금 아버지의 형제 여섯은, 아버지를 포함해서 모두 돌아가시고 안 계시다. 마지막으로 작은 아버지가—특공대에서 살아 돌아온— 돌아가신 것은 바로 몇 년 전 일이다. 교토의 거리에서 우익의 가두 선전차를 보면 "전쟁이 어떤 것인지 잘 모르니 저렇게 멋대로들 지껄이는 게지……" 하고 젊은이들을 훈계하는 사람이었다.

준이치 씨 얘기에 따르면, 결국은 시메이 큰아버지가 장남으로서의 책임을 받아들여, 또는 운명에 따라, 안요지의 주지가 되는 것을 승낙했다고 할까. 아니, 승낙하지 않을 수 없었다는 것 같다. 당시에는 단가의 힘이 지금보다 훨씬 막강해서, 자의적인 결정을 허락하지 않는 분위기도 있었을 것이다.

아버지는 어린 시절, 나라奈良의 어느 절에 동자승으로 보내졌던 것 같다. 장차 그 절의 양자가 된다는 의미로. 그러나 아버지는 그때 일에 대해서 한 번도 내게 얘기하지 않았다. 아버지는 애당초 자신의 성장 과정 같은 것을 많이 말하는 사람이 아니었지만, 특히 그 사건에 대해서는 내게, 어쩌면 누구에게도 말하고 싶지 않았을지도 모르겠다. 그런 느낌이 든다. 내게 그 얘기를 해준 사람은 사촌형제 준이치 씨였다.

할아버지 벤시키의 처지가 그랬듯이, 자식이 많은 경우에 식솔을 줄이기 위해 장자가 아닌 자식을 양자로 보내든지 아니면 어느 절에 동자승으로 맡기는 것은, 당시에는 드물지 않은 일이었다. 그런데 아버지는 나라의 어느 절로 보내졌다가 얼마 후에 교토로 다시 돌아왔다. 표면적인 이유는 추위에 건강을 해쳤다는 것이었지만, 새로운 환경에 잘 적응하지 못한 이유도 컸던 것 같다. 본가로 돌아온 아버지는, 그 후에는 줄곧 안요지에서 부모님의 자식으로 평범하게 성장했다. 그러나 아버지에게 그 체험은 소년 시절의 마음의 상처로 어느 정도 깊이 남아 있었던 것 같다. 뭐가 어째서 그렇다는 구체적인 근거는 없지만 아버지에게 그런 분위기 같은 것이 있었다.

해변에 버렸는데, 우리보다 앞서 집에 돌아와 있는 고양이를 보고 어리둥절해하던 아버지가 마침내는 감탄하고 그리고 안도하던 모습이 불현듯 떠오른다.

나는 그런 체험이 없다. 나는 아주 평범한 가정의 외동아들로 비교적 애지중지 자랐다. 그래서 부모에게 '버려진다'는 일시적인 체험이 아이에게 어떤 마음의 상처를 주는지, 구체적으로나 감정적으로나 이해하지 못한다. 그저 머리로 '이런 것일 테지' 하고 상상하는 수밖에 없다. 그러나 그런 유의 기억은 반드시 눈에 보이지 않는 상흔으로 남아, 그 깊이와 형상이 달라지는 일은 있어도 죽을 때까지 따라다니지 않을까?

프랑스의 영화감독 프랑수아 트뤼포의 전기를 읽고, 트뤼포 역시 유소년 시절에 부모와 떨어져(거치적거리는 존재로 거의 방치되어) 다른 집에 맡겨진 경험이 있다는 것을 알았다. 그리고 트뤼포는 평생 작품을 통해 '버려진다'는 한 모티프를 지속적으로 추구한다. 사람은 누구나 많든 적든 잊을 수 없는, 그리고 그 실태를 말로는 타인에게 잘 전할 수 없는 무거운 체험이 있고, 그걸 충분히 얘기하지 못한 채 살다가 죽어가는 것이리라.

교토의 정토종 절은 지온인 파와 세이잔 파로 나뉘고, 게아게에 있는 안요지는 세이잔 파에 속한다. 하지만 정확하게 말하면 정토종 세이잔 파는 독립된 교의를 지닌, 정토종 지온인 파와는 별도의 교단으로 보는 편이 좋을지도 모른다(전문가도 그 교의의 차이를 말로 설명하기는 상당히 어렵다고 한다). 세이잔 전문학교는 나가오카쿄 시에 있는 절 고묘지의 부속학교로, 현재는 몇 가지 전공 코스가 있는 교토 세이잔 단기대학으로 이름이 바뀌었지만, 과거에는 불교 학습을 전문으로 하는 교육기관이었다. 절의 주지가 되기 위해서는 이곳에서 전문 교육을 받고, 바로 옆에 있는 고묘지에서 삼 주간에 걸친 수행을 해서(추운 계절에 하루에 세 번 머리에

THIS WAY UP
取扱
注意

냉수를 끼얹는 수행이 포함되어 있다) 승려 자격을 따야 한다.

우리 아버지는 1936년에 구제舊制* 히가시야마 중학교를 졸업하고, 열여덟 살에 세이잔 전문학교에 들어갔다. 본인이 어떤 진로를 희망했는지는 알 수 없지만, 절집 아들로서 그 외의 선택지는 있을 수 없었던 것 같다. 따라서 전문학교를 졸업하기까지 사 년 동안 징병이 유예되는 권리가 있었을 텐데, 정식 행정 절차를 밟는 걸 잊었다(본인이 그렇게 말했다). 그 때문에 1938년 8월 스무 살 때, 학업 도중에 징병 통보를 받게 되었다. 어디까지나 절차상의 착오였지만 일단 그런 단계에 들어간 터라, "죄송합니다, 착오가 있었습니다" 하고 무를 수는 없었다. 관료 조직, 군대 조직이란 그런 것이다. 문서가 모든 것을 말한다.

아버지가 소속된 부대는 제16사단(후시미 사

단) 예하 보병 제20연대(후쿠치야마)였다. 후쿠치야마의 연대 본부는 현재 육상 자위대 · 제7보통과 연대의 주둔지가 되었지만, 입구에는 아직도 '보병 제20연대'라는 간판이 걸려 있다. 구군** 시대의 건물도 거의 원형 그대로 남아 지금은 '사료관'으로 사용되고 있다.

제16사단은 보병 제9연대(교토), 보병 제20연대(후쿠치야마), 보병 제30연대(미에 현 쓰), 세 개 연대를 기간基幹으로 편성되어 있다. 교토 시내 출신인 아버지가 왜 교토에 있는 제9연대가 아니라 꽤 떨어진 후쿠치야마 부대에 입영하게 되었는지 그 사정은 명확하지 않다.

나는 줄곧 이렇게 이해하고 있었는데, 조사해보니 실제로는 사정이 좀 달랐던 듯하다. 아

---

* 1947년 학교 교육법이 시행되기 이전의 학제로 중학교는 현재의 고등학교에 해당한다

** 패전으로 해체되기 이전의 일본 군대

버지가 소속된 부대는 보병 제20연대가 아니라, 같은 제16사단 소속 치중병 제16연대였다. 그리고 이 연대는 후쿠치야마가 아니라, 교토 시내의 후카쿠사·후시미에 주둔한 사령부에 속한다. 그런데 왜 내가, 후쿠치야마 보병 제20연대였다고 착각하고 있었는지 그 이유에 대해서는 나중에 쓰겠다.

아무튼 이렇게 아버지가 보병 제20연대 소속이었다고 착각한 탓에, 나는 아버지의 군 이력을 자세하게 조사하기까지, 조사해보자고 마음먹기까지, 상당한 시간이 걸렸다. 아버지가 돌아가시고 오 년 정도, 그래야 한다고 생각하면서도 좀처럼 조사에 착수할 수 없었다.

왜였을까?

그것은 보병 제20연대가, 난징 함락 당시 제일 먼저 공격한 것으로 이름을 날린 부대이기 때문이다. 교토 출신 부대라고 하면 왠지 얌전

할 듯한 인상이 있는데(실제로 '귀족 부대'라는 야유를 받은 듯하다), 의외라고 할까 이 부대의 행동에는 유난히 피비린내 나는 평판이 따라다녔다. 혹시 아버지가 이 부대의 일원으로 난징 공략전에 참가한 것은 아닐까 하는 의혹을 오래도록 품고 있었던 탓에, 그의 종군 기록을 구체적으로 조사해보려는 결심이 좀처럼 서지 않았던 것이다. 또 생전의 아버지에게 직접, 전쟁중의 일을 자세하게 물어보는 것도 내키지 않았다. 그래서 피차 아무것도 묻지 않고 아무 얘기도 하지 않은 채, 아버지는 2008년 8월 아흔 살 나이에 온몸으로 전이된 암과 중증 당뇨로 숨을 거뒀다. 교토의 니시진에 있는 한 병원에서였다. 몇 년에 걸친 투병 생활 동안 몸은 상당히 쇠약해졌지만, 의식과 기억과 말은 마지막까지 명료했다.

아버지가 입영한 날은 1938년 8월 1일이다.

보병 제20연대가 제일 먼저 난징성을 공략해 용맹함을 떨친 때는 그 전해인 1937년 12월이니까, 아버지는 불과 일 년 차이로 아슬아슬하게 난징 공략전에 참가하지 않은 것이다. 그 사실을 알고 긴장이 풀렸다고 할까, 무거운 짐 하나를 내려놓은 감각이 있었다.

제20연대는 난징 공략전 후에도 중국 각지에서 치열한 전투를 계속했다. 이듬해 5월에는 쉬저우徐州를 함락했고, 격렬한 전투 끝에 우한武漢을 공략하고, 패군을 쫓아 서쪽으로 진군하면서 끊임없이 전투를 이어갔다.

아버지는 1938년 10월 3일, 치중병 제16연대의 특무 이등병으로 수송선을 타고 히로시마의 우지나 항을 출발, 사흘 후인 6일에 상하이에 입항했다. 그리고 상륙 후에는 보병 제20연대와 행군을 함께한 듯하다. 육군전시명부에 따르면 임무는 주로 보급과 경비였고, 그 외에

허커우河口 부근에서 치른 추격전(10월 25일), 한수이漢水의 안루安陸 공략전(이듬해 3월 17일)과 양동襄東 회전*(4월 30일-5월 24일)에 참가했다.

발자취를 더듬어보니, 이동거리가 어마어마하다. 기계화도 충분치 않고, 연료도 넉넉히 보급되지 않는 전투 부대—말이 거의 유일한 동력이었다—인데 이렇게 먼 거리를 이동했으니 엄청난 고행이었을 것이다. 전쟁터에 보급이 제대로 미치지 않아 식량과 탄약은 만성적으로 부족하고, 군복은 너덜너덜해지고, 비위생적인 환경에 콜레라를 비롯한 전염병이 만연하는 등 심각한 상황이었다고 한다. 치과 의사가 부족해서 병사들이 대부분 충치를 앓았다. 일본의 한정된 국력으로 광대한 중국 대륙을 제압한다는 것은 애당초 무리다. 한 도시 한 도시를 무력으로 제압할 수는 있어도, 지역 전

---

* 중국에서는 수이자오 회전이라 칭한다

체를 점령하고 또 그 상태를 유지한다는 것은 현실적으로 불가능하다.

당시 보병 제20연대 병사들이 남긴 수기를 읽어보면, 그들이 놓인 상황의 처참함을 알알이 엿볼 수 있다. 그런 와중에 안타깝지만 학살 행위도 있었다고 솔직하게 증언하는 사람이 있는 반면, 그런 일은 전혀 없었다고, 픽션에 불과하다고 강경하게 주장하는 사람도 있다. 어느 쪽이 되었든 스무 살 아버지는, 그처럼 피비린내 나는 중국 대륙의 전선에 치중병으로 보내졌다. 치중병이란 보급 작업에 임하고, 주로 군마를 전문적으로 보살피는 병사를 말한다. 자동차와 연료가 만성적으로 부족하던 당시의 일본군에게, 말은 중요한 수송 수단이었다. 어쩌면 병사 따위보다 소중한 존재였을 것이다. 치중병은 기본적으로 전선의 전투에는 직접 참가하지 않지만, 그렇다고 안전한 것은 아니다. 경무장만 하는 탓에(대부분 총검을 휴

대할 뿐이다) 뒤에서 적에게 습격당해 막대한 피해를 당하는 경우도 많았다.

아버지는 세이잔 전문학교에 들어가자마자 하이쿠에 심취해 동호회 같은 모임에도 가입하고, 당시부터 수많은 하이쿠를 남겼다. 요즘 말로 하면 '푹 빠진' 듯하다. 병사 시절에 지은 하이쿠가 몇 편, 세이잔 전문학교 하이쿠 잡지에 실려 있다. 전쟁터에서 학교 앞으로 보낸 것이리라.

새들 건너는 아아 저 너머에 고향이 있네

병사의 몸으로 중이 되어 달에 합장하노니

나는 하이쿠 전문가가 아니라서, 이런 하이쿠들이 어느 정도 수준인지 판단하기는 벅차다. 그러나 이 같은 시를 짓고 있는 스무 살 문학청년의 모습을 상상하는 것은 그렇게 어려운 일이 아니다. 이런 시들은 시적 기교가 아니라, 어디까지나 솔직한 심정이 그 기반이기 때문이다.

그는 교토의 산중에 있는 학교에서 승려가 되는 공부를 하고 있었다. 아마 착실하게 학업에 임했을 것이다. 그런데 절차상의 사소한 실수로 징병되어 혹독한 초년병 교육을 받고, 38식 보병총을 휴대하고 수송선에 올라 치열한 전투가 이어지는 중국 전선에 보내졌다. 부대는 필사적으로 저항하는 중국 병사와 게릴라를 상대로 쉴 새 없이 전투를 펼쳤다. 평화로운 교토의 산속 절과는 하나에서 열까지 정반대의 세계다. 그곳에는 정신의 거대한 혼란과 동요, 그리고 혼의 치열한 갈등이 있었을 것이다. 그런 가운데, 아버지는 조용히 하이쿠를 읊는 것에서 위로를 찾은 듯하다. 그냥 글로 편지를 쓰면 검열에 걸릴 사연이나 심정도, 하이

쿠라는 형식—상징적인 암호라고 표현하는 게 좋을지도 모르겠다—에 싣는 것으로, 보다 솔직하고 정직하게 토로할 수 있다. 그것이 그에게는 유일하고 소중한 도피처였을 수도 있다. 아버지는 그 후에도 오래도록 계속 하이쿠를 지었다.

아버지가 딱 한 번 당신 속을 내게 털어놓듯이, 자신이 속한 부대가 포로로 잡은 중국 병사를 처형한 일이 있다고 얘기한 적이 있다. 어떤 경위로, 어떤 심정으로 그런 얘기를 내게 했는지는 모른다. 아주 오래전 일이라 전후 사정은 불확실하고, 기억은 고립되어 있다. 나는 당시 초등학교 저학년이었다. 아버지는 처형 당시의 광경을 담담하게 얘기했다. 중국 병사는 자신이 죽을 것을 알면서도, 두려워하지 않고, 소란을 피우지도 않고, 그저 눈을 감고 조용히 거기에 앉아 있었다. 그리고 참수되었다. 실로 훌

륭한 태도였다, 하고 아버지는 말했다. 참수된 중국 병사에 대한 경의를—아마도 죽을 때까지— 깊이 품고 있었던 듯하다.

같은 부대의 동료 병사가 처형을 집행하는 현장을 그저 옆에서 지켜보았는지, 아니면 본의 아니게 보다 직접적으로 관여했는지, 정확한 것은 알 수 없다. 나의 기억이 오락가락하는 것인지, 아니면 애당초 아버지가 모호하게 말했는지 지금은 확인할 길이 없다. 그러나 아무튼, 그 사건이 그의 마음에—병사이며 중인 그의 혼에— 크나큰 응어리가 되어 남아 있었던 것은 분명한 듯하다.

이 시기에 중국 대륙에서는, 초년병이나 보충병을 살인 행위에 길들이기 위해 포로로 잡은 중국 병사를 죽이라고 명령하는 일이 흔했던 것 같다. 요시다 유타카가 쓴 《일본군 병사》에 다음과 같은 문장이 있다.

후지다 시게루는 1938년 말부터 1939년에 걸쳐 기병 제28연대장으로서, 연대 장교 전원에게 '병사를 전장에 적응케 하는 가장 빠른 방법은 살인이다. 즉 담력을 시험하는 것이다. 이에는 포로를 사용하면 된다. 4월에 초년병이 보충될 예정이니, 최대한 빨리 기회를 만들어 초년병을 전장에 적응케 하고 강하게 만들어야 한다' '이에는 총살보다 척살刺殺이 효과적이다' 하고 훈시했다고 회상했다.

저항하지 않는 포로를 살해하는 것은 당연히 국제법에 위반되는 비인도적인 행위지만, 당시 일본군에게는 아주 당연한 발상이었던 것 같다. 무엇보다 일본군 전투 부대에는 포로를 관리할 여유가 없었다. 1938년에서 1939년은 아버지가 초년병으로 중국 대륙에 건너가 있었던 바로 그 시기이다. 그 같은 행위를 하급 병사가 강요했다 한들 조금도 이상하지 않다. 그런 살

해는 대부분 총검에 의한 척살인 것 같은데, 아버지가 그때 처형에는 군도가 사용되었다고 말했던 것으로 기억한다.

어쨌거나 아버지의 그 회상은, 군도로 인간을 내려치는 잔인한 광경은, 말할 필요도 없이 내 어린 마음에 강렬하게 각인되었다. 하나의 정경으로, 더 나아가 하나의 의사 체험으로. 달리 말하면, 아버지 마음을 오래 짓누르고 있던 것을—현대 용어로 하면 트라우마를— 아들인 내가 부분적으로 계승한 셈이 되리라. 사람의 마음은 그렇게 이어지는 것이고, 또 역사라는 것도 그렇다. 본질은 '계승'이라는 행위 또는 의식儀式 속에 있다. 그 내용이 아무리 불쾌하고 외면하고 싶은 것이라 해도, 사람은 그것을 자신의 일부로 받아들이지 않으면 안 된다. 만약 그렇지 않다면 역사의 의미가 어디에 있겠는가?

아버지는 전쟁터에서의 체험에 관해 거의 얘기하지 않았다. 당신 자신이 직접 손을 댄 일이든 또는 그저 목격한 일이든, 아마 기억도 하고 싶지 않고 말도 하고 싶지 않았을 것이다. 그러나 이 이야기만큼은, 가령 서로의 마음에 상처로 남는다 해도, 피를 나눈 아들인 내게 말해서 전하고 어떤 형태로 남겨야만 한다고 느꼈던 것이 아닐까. 물론 이는 나의 추측에 지나지 않지만, 그런 생각이 강하게 든다.

제20연대는 1939년 8월 20일에 중국에서 일본으로 철수했다. 아버지는 그대로 일 년 동안의 병역을 마치고 세이잔 전문학교에 복학했다. 그 직후인 9월 1일에는 독일군이 폴란드를 침공, 유럽에서 제2차 세계대전이 발발했다. 세계는 격동의 시기를 맞았다.

당시 징병된 현역병의 복무기간은 이 년이었는데, 아버지는 어쩐 일인지 일 년에 병역을 마쳤다. 어떻게 그렇게 되었는지 그 이유를 나는 모른다. 사실상 학생이었다는 점도, 이유의 하나일지 모른다.

병역을 마치고 학교로 돌아간 후에도, 아버지는 또 열심히 하이쿠를 지었던 것 같다.

사슴 불러 모아 노래하는 히틀러 유겐트*
(1940년 10월)

이는 히틀러 유겐트가 일본을 우호 방문했을 때 일을 읊은 하이쿠일 것이다. 당시 우방 나치 독일은 유럽에서 유리하게 전쟁을 계속하고 있었지만, 일본은 대영미 전쟁에 아직 착수하지 않은 상태였다. 나는 왠지 이 하이쿠가 좋다. 역사의 한 광경이—아주 작은 한 모퉁이

---

* 1922년에 설립되어 1945년에 해체된 나치 독일의 청소년 조직

의 광경이— 좀 이상한, 그다지 평범하지 않은 각도에서 그려져 있다. 멀리 떨어진 피비린내 나는 전쟁터의 공기와 사슴들(나라의 사슴일 것이다)의 대비가 인상적이다. 일본 방문의 한때를 즐긴 히틀러 유겐트의 청년들도, 그 후에는 추위가 혹독한 겨울의 동부전선에서 목숨이 다했을지 모른다.

잇사*의 기일 슬픈 시구를 골라 읽누나

(1940년 11월)

이 하이쿠에도 마음이 끌리는 데가 있다. 여기에 있는 것은 어디까지나 고요하고 평화로운 세계다. 그러나 그 수면이 잔잔해질 때까지는 나름의 시간이 필요했을 것이다. 그런 어딘가 모르게 불온한 혼란의 여운 같은 것이, 시의 배후에 엿보인다.

아버지는 원래 학문을 좋아하는 사람이었다. 공부를 생의 보람으로 여기는 면도 있었다. 문학을 좋아하고, 교사가 된 후에도 혼자서 책을 읽곤 했다. 집 안에는 언제나 책이 넘쳐났다. 내가 십대에 책을 열독하는 학생이 된 것에도 어쩌면 그 영향이 있을지 모른다. 학생 시절의 성적도 상당히 좋았던 것 같다. 1941년 3월 아버지는 세이잔 전문학교를 우등으로 졸업한 후, 교토 제국대학 문학부 문학과에 입학했다. 물론 입학시험을 치렀을 테지만, 불교 학업과 수행으로 날밤을 새워야 하는 불교계 전문학교에서 교토 제국대학에 들어가는 것은 절대 쉬운 일이 아니었을 것이다.

우리 어머니는 "네 아버지는 머리가 좋은 사람이라서" 하고 내게 종종 말했다. 실제로 아버지의 머리가 얼마나 좋았는지는 모른다. 그

---

* 1763년 6월 15일 – 1828년 1월 5일, 가인

MOON

때도 몰랐고 지금도 모른다. 아니, 그런 것에는 딱히 관심이 없다. 아마 나 같은 직업을 가진 인간에게, 사람의 머리가 좋고 나쁘고는 그리 큰 문제가 아닐 것이다. 좋은 머리보다는 오히려 마음의 자유로운 움직임, 날카로운 직감 같은 것을 중요시한다. 그러니 '머리가 좋다 나쁘다' 하는 가치 기준을 축으로 인간을 가늠하는 일은—적어도 내 경우— 거의 없다. 그런 부분은 아카데믹한 세계와 아주 다르다. 그러나 어쨌거나, 아버지의 학업 성적이 줄곧 우수했던 것만은 틀림없는 듯하다.

그에 비하면 나는 아쉽게도(라고 해야 할 것이다) 학문에 별 흥미를 느끼지 못해서 학교 성적이 늘 신통치 않았다. 좋아하는 일은 끝까지 열심히 물고 늘어지지만, 좋아할 수 없는 일에 거의 관심이 없는 성격은 예나 지금이나 변함이 없다. 그러니 당연한 일이지만, 초등학교에서 고등학교에 이르기까지 나의 학업 성적은 그렇게 한심하지는 않아도 절대 주위 사람들이 감탄할 정도는 아니었다.

그런 내게 아버지는 적잖이 낙담한 듯했다. 당신의 젊은 시절과 비교해 '이렇게 평화로운 시대에 태어나 방해하는 것 없이 마음껏 공부할 수 있는데, 왜 좀 더 면학에 열심히 정진하지 않는가' 하고, 내 근면하다 할 수 없는 생활태도를 보고 안타깝게 여겼을 것이다. 그는 내가 톱클래스의 성적을 받아주기를 원했을 것이라고 생각한다. 그리고 당신이 시대의 방해로 걸을 수 없었던 인생을, 당신을 대신해 내가 걸어주기를 바랐다고 생각한다. 그러기 위해서라면 어떤 희생도 아까워하지 않을 심경이었을 것이다.

그러나 나는 그런 아버지의 기대에 충분히 부응할 수 없었다. 차분히 공부에 집중하려는 마음이 도무지 생기지 않았다. 학교 수업은 대부분 따분했고, 그 교육 시스템은 너무도 획일적이며 억압적이었다. 그렇다 보니 아버지는 내게 만성적인 불만을 품게 되었고, 나는 만성적인 고통(무의식적인 분노를 포함한 고통이다)을 느끼게 되었다. 내가 서른 살에 소설가로 데뷔했을 때, 아버지는 무척 기뻐한 듯하지만, 그 시점에 우리 부자 관계는 이미 상당히 멀어져 있었다.

나는 지금도, **지금에 이르러서도**, 아버지를 줄곧 실망시켰다, 기대를 저버렸다 하는 기분을—또는 그 잔재 같은 것을— 품고 있다. 어느 정도 나이를 넘어서부터는 '사람은 각자 개성이란 게 있으니까, 뭐' 하고 떨어버릴 수 있게 되었지만, 십대의 내게는 어느 모로나 그다지 마음 편한 환경이랄 수 없었다. 거기에는 언제나 막연한 가책 같은 것이 따라다녔다. 지금도 때로 학교에서 시험 치는 꿈을 꾼다. 나는 단 한 문제도 풀지 못한다. 이러지도 저러지도 못한 채 시간만 재깍재깍 흘러간다. 그 시험에 떨어지면, 나는 몹시 곤란한 상황에 처하게 되는데도……. 그런 꿈이다. 그러고는 대개 식은 땀을 흘리며 눈을 뜬다.

하지만 당시의 나는, 책상에 들러붙어 주어진 과제를 하고 시험에서 조금이라도 더 좋은 성적을 받는 것보다, 좋아하는 책을 많이 읽고, 좋아하는 음악을 실컷 듣고, 밖에 나가 운동을 하고, 친구들과 마작을 하거나 여자친구와 데이트를 하는 것이 중요한 의미를 지닌 일이라고 생각했다. 물론 그 생각이 옳았다고, 지금은 확신을 갖고 단언할 수 있지만.

아마도 우리는 모두, 각자 세대의 공기를 숨쉬며 그 고유한 중력을 짊어지고 살아갈 수밖에 없을 것이다. 그리고 그 틀의 경향 안에서 성장해갈 수밖에 없을 것이다. 좋고 나쁘고를 떠나 그것이 자연의 섭리다. 마치 요즘 젊은 세대 사람들이 부모 세대의 신경을 일일이 곤두

서게 하는 것처럼.

다시 하던 얘기로 돌아가자.

아버지는 1941년 봄에 세이잔 전문학교를 졸업하고, 그해 9월 말에 임시 소집 명령을 받는다. 그리고 10월 3일부터 다시 병역에 임하게 된다. 소속 부대는 보병 제20연대다. 그리고 그 후에 치중병 제53연대로 편입된다.

1940년에 제16사단이 만주에 영구적으로 주둔하게 되자, 이를 대신하는 예비 제16사단을 기간으로 제53사단이 교토 사관*에 편성되었고, 치중병 제53연대도 그 사단에 속하는 치중병 부대가 된다(소설가 미즈카미 쓰토무 씨도 전쟁 말기에 치중병 제53연대에 복무했다고 한다). 아버지는 그처럼 급한 재편성에 따른 혼란으로 후쿠치야마 부대에서 복무하게 되었을 텐데, 그 당시 이야기를 들었던 탓에 나는 첫 번째 소집 때부터 아버지가 줄곧 후쿠치야마에서 복무했다고 착각한 듯하다.

이 제53사단은 전쟁 말기인 1944년에 버마로 파견되어 임팔 작전**에 참가, 같은 해 12월에서 이듬해 3월에 걸쳐서는 영국 연방군을 상대로 치른 이라와디 회전에서 거의 전멸에 가까운 상태에 몰리게 된다. 치중병 제53연대도 사단을 따라 이 격렬한 전투에 참가했다.

아버지의 하이쿠 스승이었던 하이쿠 시인 스즈카 노부로 씨(1887–1971, 다카하마 교시를 사사한 〈호토토기스〉 동인. 교토에 '노부로 기념관'이 있다)의 〈하이카이 일지〉의 1941년 9월 30일 항목에 이런 기술이 있다.

---

* 군의 행정, 경비를 위한 지역 구분

** 제2차 세계대전 중, 일본군의 연합군 수송로 차단을 목적으로 버마와 접경 지역인 인도 임팔에서 벌어진 전투

돌아오는 길에는 또 내리는 비에 진흙탕을
밟다(중략). 돌아오니 지아키 군사공용이라.
이 사내 또다시 방패로 고향의 가을

지아키

'군사공용'은 소집 통지서를 우편으로 받았다는 뜻일 것이다. 하이쿠의 의미는 '남자로서 나는, 이 나라의 대사에 임해 또다시 방패가 된다'. 당시 상황으로 봐서 이렇게 애국적인 시를 읊을 수밖에 없었을 테지만, 그럼에도 거기에서, 특히 '또다시'라는 말의 이면에서는 어떤 유의 체념 같은 심정이 어른어른 엿보인다. 본인은 아마 일개 학도로 조용히 생활하고 싶었을 것이다. 그러나 시대의 격류는 그에게 그런 호사를 허락하지 않았다.

그런데 의외의 전개라고 해야 할지, 소집 통지를 받은 지 불과 두 달 후인 11월 30일에 아버지는 갑자기 소집 해제 대상이 되었다. 즉 병역에서 벗어나 민간으로 돌아갈 수 있게 된 것이다. 11월 30일이면, 진주만 기습 공격 여드레 전이다. 만약 기습 공격이 시작된 이후였다면 그처럼 관대한 조치가 내려질 리 없었을 것이다.

내가 아버지에게 듣기로, 아버지는 어느 상관 덕분에 목숨을 건졌다고 한다. 당시 상등병이던 아버지는 상관에게 불려가 '자네는 교토 제국대학에서 면학하는 몸이니, 병사이기보다 학문에 정진하는 편이 나라를 위하는 길일 것'이라는 말을 듣고 군복무에서 해제되었다고 한다. 그런 일이 일개 상관의 재량으로 가능한 일인지 나는 잘 모른다. 이과도 아니고 문과인 아버지를 대학으로 돌려보내 하이쿠 공부를 하게 한들, 그것이 '나라를 위하는 길'이 될 것이라고는(어지간한 인내심과 긴 안목으로 보지 않는 한) 생각되지 않는다. 아버지는 굳이 말하지 않았지만, 아마 좀 더 자잘한 여러 가지 사정이 있었을 것이다. 그러나 아무튼, 아버지는 군복무에서 벗어나 자유의 몸이 되었다.

어린 시절에 들은—들었다고 기억하는— 얘기는 이렇다. 흥미로운 일화지만 아쉽게도 사실과 맞지 않는다. 교토 대학의 '학생일람'을 조사해보니, 아버지가 교토 대학 문학과에 입학한 것은 1944년 10월이기 때문이다. 그러니 '자네는 교토 제국대학에서 면학하는 몸'이라는 말은 성립하지 않는다. 아마 내 기억이 어느 시점에 뒤엉킨 것이리라. 또는 내게 그 이야기를 해준 사람은 어머니이고, 어머니 기억에 잘못이 있는지도 모른다. 그러나 지금은 기억의 시비를 가리기도 어렵게 되었다. 현재 어머니의 기억이 거의 완벽한 혼탁 속에 있기 때문이다.

아무튼 기록에 따르면 아버지는 1944년 10월

에 교토 제국대학 문학과에 입학했고, 1947년 9월에 졸업했다(전쟁이 끝나기 전의 대학은 삼년제였고, 전시중의 특례로 10월에 입학해 9월에 졸업하는 학생도 있었다). 1941년 가을에 소집 해제된 후 교토 대학에 입학하기까지, 스물세 살에서 스물여섯 살까지의 삼 년간, 그가 어디서 뭘 했는지 나는 모른다. 집에서 절 일을 거들며 하이쿠를 짓고, 대학에 들어가기 위한 공부를 했을 것이라고 상상하지만, 실제는 어땠는지 알 수 없다. 이 또한 하나의 수수께끼다.

아버지가 소집 해제되어 부대를 떠난 바로 후에 태평양전쟁이 발발, 당시 만주에 주둔중이던 제16사단은 필리핀 공격을 위해 수송선에 실리게 된다. 그리고 제20연대는 1941년 12월 24일에, 루손 섬 동부의 라몬 만에 적전상륙을 시도하다가 미군과 필리핀군의 격렬한 저항에 부딪친다. 이때의 전투에서, 베를린 올림픽 장대높이뛰기에서 2위인 니시다 슈헤이

선수와 함께 3위에 올랐던 오에 스에오(소위)가 가슴에 총탄을 맞아 전사했다. 오에는 마이즈루 출신으로, 그때 우연히 함께였던 군의인 형의 품 안에서 숨을 거뒀다.

그처럼 막대한 희생을 치르고서야 루손 섬에 상륙한 사단은 이내 요충지인 바탄 반도 공략전에 출동 명령을 받았지만, 압도적으로 우세한 미군의 화력 앞에 결국 괴멸에 가까운 타격을 입는다. 미군은 마닐라 결전을 피해 그 도시를 '비무장 도시'로 저항 없이 일본군에게 넘기고, 아홉 개 사단 팔만 병력이 고스란히 바탄 반도의 산중으로 숨어들었던 것이다. 참모본부가 바탄 반도의 방위선에 긴밀하게 배치된 미군 전력을 과소평가한 나머지, 장비가 불충분한 상태에서 전투 부대를 전선으로 보낸 탓에 비참한 결과가 초래되었다. 그들은 밀림 속에서 도리어 포위되어 대대적인 집중포화를 받았으며, 최신예 전차군단에 유린되었다. 〈후쿠치야마 연대사〉에는, 1942년 2월 15일에 보병 제20연대는 연대장 이하 삼백칠십팔 명밖에 살아남지 못했다고 기록되어 있다. 다른 문헌에는 사단은 '거의 전멸했다'고 간략하게 쓰여 있다.

또 한 병사는 다음과 같은 기록을 남겼다.

> (전략) 정황 판단을 그르치고, 작전상 실수로 허망하게 스러져간 수많은 우리 전우가, 총을 쏘려 하나 총알이 없고, 먹으려 하나 식량이 없고, 보병은 진지를 베개 삼고, 포수는 포를 베개 삼아 호국의 귀신으로 화한 바탄 반도야말로, 후쿠치야마 연대를 키운 고향 사람들은 영원히 잊지 못할 것이다.

이처럼 더없는 난국이던 바탄 반도 공략전이 같은 해 4월에 겨우 종료된 후, '거의 전멸한' 제16사단은 새로운 보충병으로 재편성되어 수도 마닐라에 방위부대로 주둔했다. 그리고 필리핀 각지에서 주로 게릴라 토벌 임무를 담당했는데, 전황이 악화된 1944년 4월에는 마닐라 남방에 있는 요충지 레이테 섬으로 보내져 해당 지역 방위의 중심 역할을 하게 된다.

그리고 같은 해 10월 20일, 미군의 대규모 상륙부대와 전면적인 교전 상태에 들어가, 같은 달 26일에는 거의 괴멸되고 만다. 미국의 필리핀 침공을 루손에서 방어할 것인지, 레이테에서 방어할 것인지를 놓고 현지군과 대본영* 사이에 격한 의견 대립이 있었고, 급조되어 레이테에 배치된 부대는 교전 태세를 완전히 갖추지 못한 어중간한 상태에서 전투에 돌입, 패배의 큰 원인이 되었다.

제16사단은 격렬한 함포 사격과 상륙군과의 해안 전투에서 병력의 절반을 잃었고, 그 후에 내륙으로 후퇴해 저항을 계속했지만, 보급로가 완전히 차단된 데다 후방에서는 게릴라의 습격까지 받아, 패잔병이 되어 뿔뿔이 흩어진 나머지 기아와 말라리아로 쓰러져갔다. 특히 기아가 심해 인육을 먹기도 했다고 한다. 승산이 없는, 전례가 없을 만큼 더없이 비참한 전투였고, 당초에 일만팔천 명에 이르던 제16사단의 생존자는 고작 오백팔십 명에 지나지 않았다. 전사율이 구십육 퍼센트를 넘는다. 그야말로 옥쇄玉碎다. 즉 후쿠치야마 보병 제20연대는 전쟁의 초기와 말기에, 두 번 '거의 전멸'을 경험한 셈이다. 비운의 부대라고 해도 좋을 것이다.

'목숨을 건졌다'고 한 아버지 말은 아마 전쟁 말기에, 그 비참하기 짝이 없었던 버마 전선에 제53사단의 일원으로 보내지지 않은 사실을 가리킬 것이다. 그러나 바탄과 레이테에서 죽

---

* 청일전쟁에서 태평양전쟁 당시까지 일본군의 최고통수 기관으로, 천황의 명령을 발령하는 최고사령부

어간 제16사단의 과거 동료 병사들 역시 그의 머릿속에 있었을 것이다. 충분히 가능한 가정이지만, 만약 아버지가 다른 운명에 처해 과거에 소속되었던 제16사단 부대와 함께 필리핀으로 보내졌다면, 어느 쪽 전투에서든 틀림없이—바탄이 아니었으면 레이테에서, 레이테가 아니었으면 바탄에서— 전사했을 테고, 그랬다면 당연히 나도 이 세계에 존재하지 않았을 것이다. 그러니 '다행스럽게'라고 해야 할 테지만, 혼자만 목숨을 건지고 과거의 동료 병사들이 그렇게나 먼 남방의 전쟁터에서 허망하게 목숨을 잃어간 것은(지금도 벌판에 그대로 내버려져 있는 유골이 적지 않을 것이다), 아버지 마음에 큰 상처가 되고 무거운 짐이 되었을 것이다. 그 일을 생각하면, 아버지가 매일 아침 왜 그렇게 오래 눈을 감고 마음을 다해 경을 읊었는지 새삼 이해가 간다.

교토 대학 학생 시절에도 아버지는 여전히

하이쿠에 열심이었고, '교토 대학 호토토기스' 동인으로 활발하게 활동했던 것 같다. '교가노코京鹿子'*라는 하이쿠 잡지의 발행에도 관여했는지, 〈교가노코〉의 백넘버가 우리 집 벽장에 산더미처럼 쌓여 있던 것을 기억하고 있다.

아버지는 교토 대학 입학 후, 1945년 6월 12일에 또다시 소집 통보를 받는다. 세 번째 군복무이다. 그러나 이번에 소속된 부대는 제16사단도 아니고, 그 후에 만들어진 제53사단도 아니다. 두 사단 모두 괴멸되어 이미 어디에도 존재하지 않았다. 그가 상등병으로 소속된 곳은 중부 143부대라는 국내 근무 부대로, 주둔지가 어디였는지는 명확하지 않다. 하지만 자동차부대라고 하니, 역시 치중 관련이었을 것이다. 그

---

* 스즈카 노부로가 하이쿠 동료들과 함께 1920년에 창간한 하이쿠 잡지

런데 그로부터 두 달 후인 8월 15일에 전쟁이 끝나, 10월 28일에 정식으로 병역을 마치고 다시 대학으로 돌아간다. 결과적으로 아버지는 그 비참하고 대대적인 전쟁에서 그럭저럭 살아남았고, 그때 나이는 스물일곱이었다.

내가 태어난 것은 1949년 1월이다. 아버지는 1947년에 학사 시험에 합격, 이후 교토 대학 문학부 대학원으로 진학했지만, 이미 나이도 먹었고 결혼도 한 데다 내가 태어나자 학업을 도중에 단념하지 않을 수 없었다. 그리고 생활비를 벌기 위해 니시노미야에 있는 고요 학원이라는 학교의 국어 교사로 취직했다. 아버지와 어머니가 어떤 인연으로 만나 결혼하게 되었는지 자세한 것은 모른다. 두 사람은 각기 교토와 오사카에 살았으니, 공통되는 지인의 소개든 뭐가 있었을 것이다. 어머니는 결혼을 염두에 둔 상대(음악 교사였다)가 있었는데,

그 상대가 전쟁에서 죽었다고 한다. 그리고 어머니의 아버지(나의 외할아버지)가 운영하던 센바의 가게는 미군 공습으로 완전히 불타버리고 말았다. 어머니는 그러면 함상 전투기의 기총소사를 피해 오사카 거리를 이리저리 도망다닌 기억을 오래오래 잊지 않았다. 아버지 경우와 마찬가지로, 전쟁은 어머니의 인생 또한 크게 바꿔놓았다. 그러나 그 덕분에—라고 할지— 내가 이렇게 여기에 존재하는 셈이지만.

아무튼 나는 교토 시 후시미 구에서 태어났다. 그리고 철이 들 즈음에 효고 현 니시노미야 시 슈쿠가와로 이사했다. 그리고 열두 살 때 이웃 도시인 아시야 시로 다시 이사. 그래서 태어난 곳은 교토지만, 감각이나 멘털리티는 오사카와 고베 사이이다. 같은 간사이 지방이라도, 교토와 오사카와 고베는 말도 미묘하게 다르고, 사물을 보는 시각도 사고방식도 각기 다르다. 그런 의미에서 나의 풍토적 감수성은, 교토에

서 태어나고 자란 아버지와도, 오사카에서 태어나고 자란 어머니와도 다른 영역에 속한다고 할 수 있겠다.

현재 아흔여섯 살인 어머니 역시 국어 교사였다. 오사카의 쇼인 여자전문학교 국문과를 졸업하고, 모교(쇼인 고등여학교라고 짐작된다)에서 교편을 잡았다고 하는데, 결혼을 계기로 사직했다. 1964년에 다나베 세이코 씨가 아쿠타가와상을 받았을 때, 신문을 본 어머니가 "아아, 이 사람, 잘 알아" 하고 말한 일을 기억하고 있다. 다나베 씨도 쇼인 여자전문학교 출신이니 어쩌면 어디선가 마주쳤을지도 모르겠다.

어머니 이야기로, 젊은 시절의 아버지는 상당히 거칠게 살았다고 한다. 가혹한 전쟁 체험이 아직도 몸 안에 남아 있었을 것이고, 인생이 자신의 뜻과는 다른 방향으로 틀어졌다는 스트레스도 나름대로 심했을 것이다. 술을 자주 마시고, 때로 학생을 때리기도 했던 것 같다. 그러나 내가 성장하면서, 그 성격도 행동도 점차 온후해져간 듯하다. 때때로 침울해하거나 언짢아하고, 술을 과도하게 마시는 일도 있었지만(그리고 그 일로 어머니는 자주 푸념했지만), 아들로서 집 안에서 불쾌했던 기억은 거의 없다. 아마 온갖 상념이 그의 마음속에서 차분하게 가라앉아 그런대로 진정되었던 것이리라.

교사로서는, 극히 객관적으로 봐서, 상당히 우수했다고 생각한다. 아버지가 돌아가셨을 때 수많은 제자가 찾아와주었고, 나는 그 숫자에 적지 않게 놀랐다. 학생들에게 어느 정도 존경받는 선생이었던 듯하다. 제자 가운데에는 의사가 된 사람도 많아, 덕분에 투병 생활을 하는 중에 정성스러운 도움을 받기도 했다.

어머니도 교사로서 꽤 우수했는지, 나를 낳고 전업주부가 된 후에도 옛 제자들(어머니와 나이 차가 별로 없었지만)이 수시로 집에 놀러 왔다. 나는 어째서인지 교사 체질은 아닌 듯하지만.

어린 시절, 아버지에 대해 기억하고 있는 것. 같이 영화를 자주 보러 갔다. 일요일 아침에 일어나면 신문을 펼쳐놓고 근처 영화관에서 어떤 영화를 상영하고 있는지 확인해서(지금은 어떤지 모르겠지만, 당시 니시노미야에는 영화관이 몇 군데 있었다), 재미있을 만한 영화가 있으면 자전거를 타고 보러 갔다. 대부분이 미국영화였고 또 그중 대부분이 서부영화나 전쟁영화였다. 아버지는 당신의 전쟁 체험담은 얘기하지 않았지만, 전쟁영화를 보는 것에는 딱히 거부감이 없는 듯했다. 그래서 1950년대에 개봉된 전쟁영화와 서부극은 비교적 잘 기억하고 있다. 존 포드 감독의 영화는 거의 다 본 것 같다. 미조구치 겐지 감독의 〈적선지대〉나 〈신 헤이케 이야기〉, 도요다 시로 감독의 〈보쿠토 기담〉 등은

'어린이가 볼 영화가 아니다'라는 이유로 아버지와 어머니 둘이서만 보러 간 탓에 나 혼자 집을 지켰던 것도 기억하고 있다(뭐 때문에 어린이가 볼 영화가 아니라는 건지 당시에는 잘 몰랐지만).

야구 경기를 보러 고시엔 구장에도 종종 같이 갔다. 아버지는 돌아가실 때까지 열렬한 한신 타이거스 팬이었다. 타이거스 팀이 지면 몹시 언짢아했다. 내가 도중에 타이거스 응원을 그만둔 것에는 그 탓도 있는지 모른다.

교사가 되어서도 하이쿠에 대한 아버지의 열정은 식지 않았다. 책상 위에는 언제나 낡은 가죽 장정의 계어집季語集이 놓여 있고, 아버지는 틈이 나면 조심스럽게 책장을 넘기곤 했다. 아버지에게 계어집은, 기독교인에게 성경 같은 소중한 존재였는지도 모르겠다. 하이쿠집도 몇 권 출판했는데 지금은 찾을 수 없다. 그 책들은 어디로 가버린 것일까? 학교에서는 학생들을 모아 하이쿠 동호회 같은 동아리를 주관하면서 하이쿠에 관심이 있는 학생들을 지도하는 한편 하이쿠를 피로披露하는 모임도 가졌다. 아버지가 초등학생이었던 나를 그런 데에 데려간 적이 몇 번 있다. 한 번은 하이킹 겸 시가 현의 이시야마 절 경내에 있는, 바쇼가 한동안 머물렀다고 회자되는 오래된 암자를 빌려 하이쿠 모임을 연 적이 있었다. 왜인지는 몰라도, 그 오후의 정경을 지금도 생생하게 기억하고 있다.

그러나 역시, 당신이 그 인생에서 다하지 못한 일을 외동아들인 내가 해주었으면 하는 생각이 아버지에게 있었던 것이리라. 내가 성장하고 자아가 발달함에 따라 나와 아버지 사이의 심리적인 갈등은 점차 심해지고 보다 명확해졌다. 그리고 우리는 어느 쪽이나 상당히 강하고 고집스러운 성격이었다고 생각한다. 피차가 자신의 뜻을 쉽사리 굽히지 않았다는 뜻이다. 자신의 생각을 똑바로 얘기하지 못하는 점에서는, 우리는 비슷한 동지였을 수도 있다. 싫으나 좋으나.

아버지와 아들의 이 같은 갈등의 구체적인 측면에 대해서는, 별로 얘기하고 싶지 않아 이 글에서는 아주 간단하게만 언급한다. 자세하게 얘기하자면 상당히 길고 그리고 처절한 얘기가 될 테니까. 결론만 말하면, 내가 젊었을 때 결혼하고 일을 시작하게 되면서 아버지와의 관계는 완전히 소원해지고 말았다. 특히 내가 직업작가가 된 후로는, 여러 가지 복잡한 일이 생겨 관계는 더욱 비틀렸고, 끝내는 절연에 가까운 상태가 되었다. 이십 년 이상 전혀 얼굴을 마주치지 않았고, 어지간한 일이 없는 한 거의 대화도 연락도 하지 않는 상태가 계속되었다.

나와 아버지는 성장한 시대도 환경도 다르고, 사고방식도 다르고, 세계를 보는 시각도 다르다. 당연한 일이다. 인생의 어느 시점에서 관계의 재편성을 시도했다면 상황은 조금 달라졌을지도 모른다. 그러나 나는, 새로운 접점을 찾기 위해 시간과 품을 들이기보다는, 아무튼 눈앞에 있는 내가 하고 싶은 일에 힘과 의식을 집중하고 싶었다. 나는 아직 젊었고, 해야 할 일이 많았고, 내가 지향하는 목표가 아주 명확하게 머릿속에 있었기 때문이다. 복잡하고 거추장스러운 혈연의 굴레보다는 그쪽이 내게는 한층 중요한 사항이었다. 그리고 내게는 물론, 내가 지켜야 하는 나의 조촐한 가정이 있었다.

아버지와 겨우 얼굴을 마주하고 얘기를 나눈 것은, 그가 죽기 얼마 전의 일이다. 그때 나는 예순 가까운 나이였고, 아버지는 아흔 살을 맞았다. 그는 교토 니시진에 있는 병원에 입원 중이었다. 심한 당뇨를 앓고 있는 데다 몸의 도처에 암이 전이되어, 약간 살집이 있던 체구가 거의 흔적도 없이 깡말라 전혀 다른 사람처

럼 보였다. 그때 아버지와 나는—그의 인생 마지막의 아주 짧은 기간이었지만—어색한 대화를 나누고 화해 비슷한 것을 했다. 사고방식과 세계를 보는 시각은 달라도, 우리 사이를 잇는 연緣 같은 것이 내 안에서 하나의 힘으로 작용했던 것은 분명하다. 아버지의 깡마른 모습을 보면서, 그 작용을 여실히 느끼지 않을 수 없었다.

우리는 그 여름날, 같이 자전거를 타고 줄무늬 암고양이를 버리러 고로엔 해변에 갔다. 그리고 우리는 함께, 그 고양이에게 추월당했다. 뭐가 어찌되었든, 우리는 멋지고 그리고 수수께끼 같은 체험을 공유하고 있지 않은가. 그때 해안의 파도 소리를, 소나무 방풍림을 스쳐 가는 바람의 향기를, 나는 지금도 또렷하게 기억해낼 수 있다. 그런 소소한 일 하나하나의 무한한 집적이, 나라는 인간을 이런 형태로 만들어 놓은 것이다.

아버지가 돌아가신 후, 나는 나의 핏줄을 더듬는 식으로 아버지와 관계있는 사람들을 만나, 그에 대한 얘기를 조금씩 듣게 되었다.

이렇게 개인적인 문장이 일반 독자의 관심을 얼마나 끌 수 있을지 나는 모른다. 그러나 나는 손을 움직여 실제로 문장을 쓰는 것을 통해서만 사고할 수 있는 인간이기에(태생이 추상적, 관념적으로 사색하는 것에 서툴다) 이렇게 기억을 더듬고, 과거를 조망하고, 그걸 눈에 보이는 언어로, 소리 내어 읽을 수 있는 문장으로 환치할 필요가 있는 것이다. 그리고 이런 문장을 쓰면 쓸수록 그리고 그걸 되읽으면 되읽을수록 나 자신이 투명해지는 듯한 신비로운 감각에 휩싸이게 된다. 손을 허공으로 내밀면, 그 너머가 아른하게 비쳐 보일 듯한 기분마저 들 정도다.

만약 아버지가 병역에서 해제되지 않아 필리핀이나 버마 전선으로 보내졌다면…… 만약 음악 교사였다는 어머니의 약혼자가 전사하지 않았다면…… 그렇게 생각해가다 보면 정말 기분이 묘해진다. 만약 그랬다면, 나라는 인간은 이 지상에 존재하지 않을 테니까. 그리고 그 결과, 당연히 나라는 의식은 존재하지 않고, 따라서 내가 쓴 책도 이 세상에 존재하지 않는다. 그렇게 생각하면 소설가로서 이렇게 살아있는 나의 삶 자체가, 실체가 없는 덧없는 환상처럼 여겨진다. 나라는 개체가 지닌 의미가, 점차 모호해진다. 손바닥이 비쳐 보인다 한들 이상할 게 없다.

어린 시절, 고양이에 얽힌 추억이 또 하나 있다. 이 얘기는 전에 어느 소설 속에 일화로 쓴 기억이 있지만 다시 한 번 쓴다. 이번에는 하나의 사실로써.

우리는 하얗고 조그만 새끼 고양이를 키우고 있었다. 그 새끼 고양이를 왜 우리 집에서 키우게 되었는지에 대한 기억은 없다. 내가 어렸을 때는 온갖 고양이가 우리 집에 왔다가 사라져갔으니까. 하지만 그 고양이가 정말 털이 곱고 귀여운 새끼 고양이였다는 건 잘 기억하고 있다.

어느 저녁, 툇마루에 앉아 있는데 내 눈앞에서 그 고양이가 소나무 위로 스륵스륵 올라갔다(우리 마당에는 멋들어진 소나무 한 그루가 있었다). 마치 자신의 용감함, 기민함을 내게 자랑하는 것처럼. 새끼 고양이는 놀라우리만큼 가볍게 나무를 타고 올라가, 저 높은 꼭대기 가지 사이로 모습을 감췄다. 나는 가만히 그 광경을 바라보고 있었다. 그러다 새끼 고양이가 도움을 청하듯 가녀린 소리로 울기 시작했다. 높은 곳에 올라가기는 했지만, 무서워서 내려오지 못하는 것이다. 고양이는 나무를 오르기는 잘하지만 내려오기는 잘 못한다. 그런데 새끼 고양이는 그걸 모른다. 열심히 올라가기는 했는데, 자신이 얼마나 높이 올라왔는지를 알고는 겁이 나서 오금이 저렸으리라.

나는 소나무 밑에 서서 올려다보았지만 고양이의 모습은 찾을 수 없었다. 그저 가녀린 목소리가 들릴 뿐이었다. 나는 아버지를 불러 사정을 설명했다. 어떻게든 새끼 고양이를 내려오게 할 수는 없을까. 하지만 아버지도 속수무책이었다. 그렇게 높은 곳에는 사다리도 닿지 않는다. 새끼 고양이는 도움을 청하며 필사적으로 울어댔고 날은 점차 저물어갔다. 마침내 어둠이 그 소나무를 완전히 뒤덮었다.

그 후에 새끼 고양이가 어떻게 되었는지 나는 모른다. 다음 날 아침에 일어났을 때, 울음소리는 들리지 않았다. 소나무 저 높은 곳을 향해 몇 번이나 이름을 불러보았지만 반응이 없었다. 그저 침묵이 있을 뿐이었다.

그 고양이는 밤사이에 지상으로 내려와 어디론가 가버렸는지도 모른다(어디로?). 또는 끝내 내려오지 못한 채 소나무 가지 사이에서 지쳐 울지도 못하다가, 시간을 두고 쇠약해져 죽어갔는지도 모른다. 나는 툇마루에 앉아 소나무를 올려다보면서 자주 상상했다. 조그만 손톱을 세우고 온 힘을 다해 소나무에 들러붙은 채 죽어서 말라비틀어져간 조그맣고 하얀 새끼 고양이를.

그것은 내 어린 시절의, 고양이에 얽힌 또 하나의 인상적인 추억이다. 그리고 그 추억은 아직 어린 내게 생생한 교훈을 남겨주었다. '내려가기는 올라가기보다 훨씬 어렵다' 하는 것이다. 보다 일반화하면 이렇게 된다—결과는 원인을 꿀꺽 삼켜 무력화한다. 그것은 어떤 경우에는 고양이를 죽이고, 어떤 경우에는 사람도 죽인다.

내가 이 개인적인 글에서 가장 말하고 싶었던 것은 딱 한 가지뿐이다. 딱 한 가지 당연한 사실이다.

나는 한 평범한 인간의, 한 평범한 아들에 지나지 않는다는 사실. 그것은 아주 당연한 사실이다. 그러나 차분하게 그 사실을 파헤쳐가면 갈수록 실은 그것이 하나의 우연한 사실에 지나지 않는다는 점이 점차 명확해진다. 우리는 결국, 어쩌다 우연으로 생겨난 하나의 사실을 유일무이한 사실로 간주하며 살아있을 뿐이 아닐까.

바꿔 말하면 우리는 광활한 대지를 향해 내리는 방대한 빗방울의, 이름 없는 한 방울에 지나지 않는다. 고유하기는 하지만, 교환 가능한 한 방울이다. 그러나 그 한 방울의 빗물에는 한 방울의 빗물 나름의 생각이 있다. 빗물 한 방울의 역사가 있고, 그걸 **계승해간다**는 한 방울로서의 책무가 있다. 우리는 그걸 잊어서는 안 되리라. 가령 그 한 방울이 어딘가에 흔적도 없이 빨려 들어가, 개체로서의 윤곽을 잃고 집합적

인 무언가로 환치되어 사라져간다 해도. 아니, 오히려 이렇게 말해야 할 것이다. 그것이 **집합적인 무언가로 환치되어가기 때문에 더욱이**.

나는 지금도 때로 슈쿠가와 집의 마당에 서 있던 높은 소나무를 생각한다. 그 가지 위에서 백골이 되어가면서도, 사라지지 못한 기억처럼 아직도 거기에 단단히 매달려 있을지 모르는 새끼 고양이를 생각한다. 그리고 죽음에 대해서 생각하고, 저 먼 아래, 눈앞이 어질어질해지는 지상을 향해 수직으로 내려가는 어려움에 대해 생각한다.

작가 후기

역사의 작은 한 조각

오래전부터, 돌아가신 아버지에 대해 언젠가는 문장으로 정리해봐야겠다고 생각하고 있었는데, 좀처럼 시작하지 못한 채 세월이 흘러갔다. 가족에 대해 쓴다는 것은(적어도 내게는) 상당히 부담되는 일이고, 어디서부터 어떤 식으로 쓰면 좋을지 그 포인트가 잘 잡히지 않았기 때문이다. 목에 걸린 가시처럼 그 짐이 내 마음에 오래도록 자리하고 있었다. 그런데 어린 시절 아버지와 함께 고양이를 버리러 해변에 갔던 기억이 떠올라, 그 이야기부터 쓰기 시작했더니 의외로 문장이 술술 자연스럽게 나왔다.

내가 이 글에서 쓰고 싶었던 한 가지는, 전쟁이 한 인간—아주 평범한 이름도 없는 한 시민이다—의 삶과 정신을 얼마나 크고 깊게 바꿔 놓을 수 있는가 하는 것이다. 그리고 그 결과, 내가 이렇게 여기에 있다. 아버지의 운명이 아주 조금이라도 다른 경로를 밟았다면, 나라는 인간은 애당초 존재하지 않았을 것이다. 역사라는 건 그런 것이다—무수한 가설 중에서 생겨난 단 하나의 냉엄한 현실.

역사는 과거의 것이 아니다. 역사는 의식의 안쪽에서 또는 무의식의 안쪽에서, 온기를 지니고 살아있는 피가 되어 흐르다 다음 세대로 옮겨가는 것이다. 그런 의미에서, 여기에 쓰인 것은 개인적인 이야기인 동시에 우리가 사는 세계 전체를 구성하는 거대한 이야기의 일부

이기도 하다. 아주 미소한 일부지만 그래도 한 조각이라는 사실은 틀림없다.

하지만 나는 그 말을 '메시지'로 쓰고 싶지는 않았다. 역사의 한 모퉁이에 있는 이름 없는 한 이야기로서, 가능한 한 원래 형태 그대로를 제시하고 싶었을 뿐이다. 그리고 과거 내 옆에 있었던 몇 마리 고양이들이 그 이야기의 흐름을 뒤에서 조용히 떠받쳐주었다.

짧은 글이라서 어떤 형태로 출판하면 좋을지 꽤나 고민했는데, 결국 일러스트와 함께 독립된 조그만 책 하나로 꾸미기로 결정했다. 내용이나 문장의 결로 봐서, 내가 쓴 다른 글과 같이 엮기가 어려웠기 때문이다. 그림은 타이

완 출신의 젊은 여성 일러스트레이터인 가오 옌 씨의 화풍에 매료되어 그에게 모든 것을 맡기기로 했다. 가오 옌 씨의 그림에서는 어딘지 모르게 묘한 그리움 같은 것이 느껴진다.

여러 가지 사실 확인에 대해서는, 잡지에 처음 게재할 당시에 〈문예춘추〉 편집부의 도움을 받았다. 깊이 감사드린다.

2020년 2월

무라카미 하루키

猫を棄てる

父親について語るとき

NEKO O SUTERU-CHICHIOYA NI TSUITE KATARU TOKI
by Haruki Murakami

Originally published in Japan by Bungeishunju Ltd.
Korean translation rights arranged with Haruki Murakami, Japan through THE SAKAI AGENCY and JM CONTENTS AGENCY.

고양이를 버리다 아버지에 대해 이야기할 때

1판 1쇄 발행 2020년 10월 26일 **1판 2쇄 발행** 2020년 11월 4일
지은이 무라카미 하루키
그린이 가오 옌 **옮긴이** 김난주
펴낸이 고세규
편집 장선정 **디자인** 홍세연
마케팅 백미숙 **홍보** 김하은

발행처 김영사
주소 경기도 파주시 문발로 197(문발동) 우편번호 10881
등록 1979년 5월 17일(제406-2003-036호)
구입 문의 전화 031)955-3100 **팩스** 031)955-3111
편집부 전화 02)3668-3295 **팩스** 02)745-4827 **전자우편** literature@gimmyoung.com
비채 카페 cafe.naver.com/vichebooks **인스타그램** @drviche
트위터 @vichebook **페이스북** facebook.com/vichebook **카카오톡** @비채책
ISBN 978-89-349-9209-7 03830 책값은 뒤표지에 있습니다.

비채는 김영사의 문학 브랜드입니다.

이 도서의 국립중앙도서관 출판시도서목록(CIP)은 서지정보유통지원시스템 홈페이지(http://seoji.nl.go.kr)와 국가자료공동목록시스템(http://www.nl.go.kr/kolisnet)에서 이용하실 수 있습니다. (CIP제어번호: CIP2020038824)